LYCÉE IMPÉRIAL LOUIS-LE-GRAND

BANQUET

DE LA

SAINT-CHARLEMAGNE

28 JANVIER 1869.

PARIS
IMPRIMERIE DE E. DONNAUD
9, RUE CASSETTE, 9
1869

LYCÉE IMPÉRIAL LOUIS-LE-GRAND

BANQUET

DE LA

SAINT-CHARLEMAGNE

28 JANVIER 1869.

INAUGURATION

DES CONFÉRENCES MILITAIRES

AU LYCÉE LOUIS-LE-GRAND

DISCOURS D'OUVERTURE

PAR

UN SERGENT INSTRUCTEUR

28 janvier 1869.

State viri, docilem circum densate coronam,
Atque salutantes, tironum more, magistrum,
Exaudite ducis reverenti pectore vocem.

Non novus hic vestris succedo sedibus hospes;
Quanquam pacificæ dudum commercia Musæ
Dedidici, indoctæ jactatus in aquore vitæ,
Non tamen ingredior studiosam barbarus ædem.
Ipse puer quondam petii, nec sponte, lycæum,
Lævo suspensus librum chartamque lacerto;
Ipse recantavi toties recitata Maronis
Carmina, et ingratas celebravi voce Camœnas.
En ètiam memini, vetitas quum lividus escas
Riderem, doctasque dapes et nectaris haustus!
— Nunc me castra tenent; nunc Mars per prælia versat;
Nunc sublimis apex nigra de casside fulget.
Cernite; jam duplices mihi bellica gloria limbos,
Assuit in manicis, et flavo signat honore.
— Sic patriæ prodest animosam impendere vitam! —

Exspectant eadem felix te præmia, pubes;
Jam sat Apollinea tractastis bella palæstra,
Jam sat rhetorici squaletis pulvere campi,
Movistisque stylo pugnæ simulacra togatæ.
Vos Mars e curru serus respexit inertes,
Et veri jussit doctrinam ediscere belli.
Me Deus huc vobis, interprete voce Ministri,
Mittit, ut informem graciles ad bella lacertos,
Armorumque sono doceam resonare lycæum.

Quumque per Elysæos campos et amœna vireta
Ibitis, insignes tunica vultuque superbi,
Si procul occurret legio conferta maniplis,
Quam cupido sequitur miratrix lumine turba
Tum vobis tacitum tentabunt gaudia pectus,
Quum blande cuivis memori sub mente recurret,
Se quoque militiæ magnum tractare laborem!

Ite, magistrorum series, fecundaque pœnis
Turba, solœcismi censores, ite, Quirites,
Tempus flete novum, veteres lugete triumphos;
Æmulus huc veni, vestri pars magna lycæi,
— Pars melior! — Non pensa dabo, non triste piamen,
Quod velit ex oculis pueriles ducere fletus,
Aut rorare genas, ira lacrymisque tumentes.
— Non vos, discipuli, doceo cantare latinum,
Sed castrense loqui! Nec fœda volumina mecum,
Scriptorumve gero segetem, veteresque papyros,
Quidquid vos trita jubeat pallescere charta,
Acclinesque libris, noctes vigilare serenas!

Unum nempe fero, quod speravistis inermes,
Quod pia pacificæ terrebit mœnia sedis,
Scilicet hoc monstrum est toti spectabile terræ,
Fistula longa, levis, citioris machina belli,
Quam plumbo flammaque gravem, cædisque ministram
— Interior compungit acus, — cogitque tonantem
Spargere sextuplam prostrata per agmina mortem!
Accipite hæc igitur, vobis quæ tradimus arma;

Et forti versate manu, versate perita.
Sic quondam memini, testes adhibete magistros,
Urbe in Cecropia, generosi lege Solonis,
Quum juveni alberent prima lanugine malæ,
Donabatur orans telis, quæ ferret in hostes,
Jam patriæ miles, laudi jam addictus avitæ.

At quum Francigenæ, genitricis voce vocati,
Antiquos patrio defendent agmine fines,
Tum qui pugnatum classis descendet ab umbra,
Non steriles ignes, non plumba novitia mittet,
Sed certum edoctus jaculari funus in hostes,
Gentibus ostendet, juvenum certamine victis,
Summos laude viros et magna exempla daturos,
— Posse in gymnasiis, Latioque sub aere nasci. —

P. Bourget. — A. Gérard,
élèves nouveaux de rhétorique A (Sainte-Barbe).

L'ÉCOLIER D'AUTREFOIS

Au dire des amis de la vieille gaieté,
On riait mieux jadis dans l'Université.
Mais moi, quand je regarde, aujourd'hui, par exemple,
Ces coupes, ce festin, ce champagne, il me semble
Que nous pourrions répondre encore avec fierté :
« Voyons, n'est-ce point là de la vieille gaieté? »
Nos aïeux toutefois savaient beaucoup mieux rire,
Nous disait l'habitant du ténébreux empire,
Qui naguère nous vint faire visite.

Un soir,
Nous venions gravement de monter au dortoir,
Et les derniers quinquets, fumeurs mélancoliques,
Projetaient tout autour des lueurs fantastiques;
Déjà prenant l'essor, l'imagination
Dans les rêves allait faire une excursion,
Lorsque soudain un rire éclatant, sardonique,
A la fois voltairien et pantagruélique,
Vint troubler brusquement notre profond sommeil.
Tandis que nous cherchions d'où venait ce réveil,
Parut un écolier, tels que les représentent
Les chroniques du temps d'autrefois, lorsqu'ils chantent
Les douceurs de Bacchus, sur la table accoudés,
Ou que sur le tapis ils font rouler les dés.
Son costume, son air, son bizarre langage,
Indiquent clairement le fils du moyen âge.
Une barbe touffue encadrait son menton,
Un grand sabre pendait après son ceinturon,
Et, sauf qu'il arborait la mitre légendaire,
Il n'avait point l'aspect d'un Universitaire.

« Par ma barbe ! dit-il, vous dormez à minuit,
Et c'est ainsi, mes fils, que vous passez la nuit !
Je parcours en tous sens votre antique lycée,
Où je venais ce soir, à l'heure consacrée,
Retrouver quelques-uns de ces moments joyeux,
Que, jeune adolescent, j'ai passés en ces lieux :
J'arrive, tout surpris d'un lugubre silence
Qu'interrompent en vain douze coups en cadence,
Et je n'aperçois plus qu'un tas de mirmidons,
Infirmes successeurs des écoliers barbons,
Une race sans feu, notre indigne héritière,
Qui juge la tristesse au travail nécessaire,
Et n'a rien su garder de nos traditions.
Je vous donne à vous tous mes malédictions.
Ah ! beaux temps de gaieté, je pleure de tendresse,
Rien qu'à me souvenir de ces jours d'allégresse,
Où l'Université n'éteignait pas en nous
Ces aspirations que vous ressentez tous;
Où nous savions trouver dans le sein des lycées
Ce que cherchent bien loin vos âmes insensées.

Pour nous, durant l'hiver, un beau feu flamboyant
Nous réunissait tous près de l'âtre brillant ;
Des récits égrillards égayaient l'assemblée,
Et jusque dans la nuit prolongeaient la veillée.
Dans une autre saison, par un beau soir d'été,
Tandis que de la lune une douce clarté
Descendait sur nos cours, et que sa lueur souple
Éclairait nos auvents, nous venions couple à couple
Spectres mystérieux, prendre l'air à minuit.
Sur la terre étendus, nous y passions la nuit
A rire, à nous gausser, couchés sur l'épigastre,
A causer d'Aristote, ou bien de Zoroastre,
Ou d'autre chose : hélas ! c'est à peine aujourd'hui
Si quelque original, plein d'audace et d'ennui,
Va faire sur les toits une course nocturne.
Tout le reste s'endort d'un sommeil taciturne.

La nuit, lorsqu'on montait pour aller aux dortoirs,
Et que l'on s'engageait dans de profonds couloirs,
Il s'élevait soudain un concert sacrilége,
Qui faisait tressaillir les voûtes du collége.
Tous s'écriaient : Chorus ! et nos vastes prisons
Retentissaient longtemps du bruit de nos chansons.
Aujourd'hui, si chez vous un tout petit murmure
S'élève, réprimés, punis avec usure,
Vous attendez un mois avant de bourdonner.

Votre plus grande gloire est, dit-on, de fumer :
Vous brûlez je ne sais quelle plante inconnue,
Qui répand à l'entour une odeur défendue;
Vous empestez la cour, l'escalier, les jardins
De cette invention de vos contemporains.
Ou bien vous vous fourrez dans le nez une poudre
Qui vous fait éclater ainsi qu'un coup de foudre.
Et du maître surpris excite les fureurs.

Sans vanité nos tours étaient un peu meilleurs.
Vous a-t-on, mes amis, jamais conté l'histoire
De Panurge, de bonne et gaillarde mémoire ?

Personne n'évitait ses coups, et maintes fois
Paris fut le témoin de ses joyeux exploits.

Du bruit de notre gloire emplissant les colléges,
Nous usions en tous lieux de nos saints priviléges :
Notre corps inviolable à travers tout Paris
Se faisait redouter par ses charivaris.
Partout l'on admirait les fils de la Sorbonne
Qui gardaient sain et sauf l'honneur de leur patronne,
Partout on connaissait nos solides gourdins,
Partout on éprouvait la vigueur de nos mains.
Tantôt c'était le soir dans une rue obscure
Que le guet recevait plus d'une meurtrissure ;
Tantôt sur le Pont-Neuf on courait aux passants,
Sur qui l'on brandissait des glaives menaçants.
Ah ! l'Université, corps puissant et prospère,
Montrait par ses enfants ce qu'elle savait faire.
Pour vous, mes fils, partout vous vous laissez railler,
Vous ne savez plus même en tous lieux ferrailler,
Et vos troupes sans feu, sur les quais, dans les rues,
Ressemblent, ma parole, à des troupes de grues!

Je voudrais, mes enfants, remettre sous vos yeux
La façon dont jadis s'amusaient vos aïeux.
Je voudrais voir ici des bandes éveillées
Se conduire autrement que des poules mouillées,
Et faire respecter le nom de lycéen.
Que de fois nous allions, la guitare à la main,
Fredonner dans Paris une douce romance !
Que de fois nous chantions la joie et l'espérance,
Mots divins qui faisaient vibrer nos jeunes cœurs.
Que de fois sur la Seine, adolescents rêveurs,
Dans un canot léger nous regardions la lune
Sur les flots lentement se lever à la brune.

Les Muses toutefois et le spirituel
Ne nous détournaient pas des soins du temporel :
Après un long travail, on vendait tous ses livres,
Et lorsqu'on en avait retiré quelques livres,

On faisait chère lie, et tous, sautant, buvant,
Nous venions prendre place autour d'un rôt fumant.
Alors, sans nul souci, comme de gais trouvères,
Nous cherchions la gaieté dans le fond de nos verres.
Imitez-nous, enfants : quand sur un vieux bouquin
Vous aurez médité du soir jusqu'au matin,
Bien vite allez-vous-en trouver le bouquiniste
Du coin de la Sorbonne, et, gourmet latiniste,
Changez Horace en punch et Virgile en chansons.
Rien ne vaut un vieux vin et de vieilles chansons
Pour consoler du grec : fort durs à la lecture,
Certains auteurs donnaient une ample nourriture.
Sophocle fournissait un petit déjeuner,
Tite-Live souvent un excellent dîner.
Voilà comment, mêlant le travail à la joie,
Le latin dans la tête, en poche la monnoie,
Nous rendions gais les jours d'un jeune étudiant.
Et n'anticipions pas sur le futur savant.
Voilà, mes chers amis, comment dans les vieux âges,
Sans se laisser troubler par le bruit des orages,
Formant pour elle-même une société,
Fière, restait debout notre Université.
Voilà comment, sans crainte ainsi que sans envie,
Les enfants du vieux corps jouissaient de la vie ;
Voilà comment toujours ils restèrent joyeux,
Travaillant comme vous, et riant beaucoup mieux.

Jeunes gens, suivrez-vous mes préceptes ? Peut-être. —
Dans tous les cas, adieu : si vous voulez connaître
Celui qui vous a fait de nuit une oraison,
Au scandale des lois de la docte maison,
Pour ne vous pas laisser dans l'inquiétude,
Je suis Jean le Rieur, de la troisième étude,
Bon viveur d'autrefois, qui du cruel Pluton
Obtins dernièrement une permission.
Je suis venu, *dixi* : je retourne bien vite
Aux Enfers, où j'entends bouillir notre marmite :
Ce soir chez Rabelais on fait le réveillon,
Et j'y dois à minuit mener le cotillon. »

—

Il dit : au même instant le doux éclat d'Aurore
Annonçait que le jour allait bientôt éclore,
Et Tapin lui prêtait son utile secours.
Nous autres, descendant du dortoir dans les cours,
Nous causions en riant de notre vieux fantôme,
En qui certains malins prétendaient voir Brantôme.

Quel qu'il soit, mes amis, buvons à sa santé !
Buvons à celle aussi de l'Université !
Buvons à vous, joyeux enfants du moyen âge !
En souvenir de vous, je veux que l'on s'engage
A rire de bon cœur plus d'une fois par an,
Et que même au lycée on reste bon enfant !

Georges Lévy,
élève nouveau de rhétorique A, externe libre.

LE MUSCADIN,

LE RAISONNEUR POLITIQUE ET LE PROVINCIAL.

SCÈNE PREMIÈRE.

LE MUSCADIN, LE PROVINCIAL.

LE MUSCADIN.

D'où viens-tu?

LE PROVINCIAL.

De Quimper.

LE MUSCADIN.

On l'aurait deviné.
Et que prétends-tu faire?

LE PROVINCIAL.

En ces murs amené,
Trop tôt pour mes désirs, trop tard pour ma science,
Je n'ai pu de vos mœurs faire la connaissance.
Sans doute, on y travaille : eh bien! en travaillant
Je pourrai sans ennui vivre tranquillement.
J'ai quitté mes parents : je veux les satisfaire,
Bien écouter en classe, en étude me taire;
Savoir ce qu'à douze ans on ne peut ignorer;
A bien vivre plus tard déjà me préparer :
C'est mon ambition.

LE MUSCADIN.

La seule? Tu veux rire :
De la Basse-Bretagne on sort bien pauvre sire!

Quoi ! tu veux tout de bon pâlir sur ton cahier !
Tu prends au sérieux le rôle d'écolier !

LE PROVINCIAL.

Eh quoi ! pour autre chose est-on donc au collége ?
Ai-je donc mal compris mes devoirs ? me trompé-je ?
Apprends-le-moi.

LE MUSCADIN.

Non, non : je te ferais horreur.
Tu viens pour te former et l'esprit et le cœur :
Sans doute tes parents, mon cher, t'ont fait promettre
D'être toujours bien sage et d'écouter ton maître !
On m'en dit tout autant ; c'est là leur grand dada.
Va, va : suis, mon enfant, les conseils de papa !
De quel œil verrais-tu ma conduite insensée !
Quoi ! j'ai pu quelquefois maudire le lycée,
En classe, négliger de faire attention,
En étude, oublier d'apprendre ma leçon,
Songer qu'il est un monde en dehors de la classe,
Ou rêver sur mon thème en faisant la grimace,
D'un heureux univers... où nous ne sommes pas !
Plus fécond en plaisirs et plus rempli d'appas !
Je suis un insensé ; mais quoi que tu me dises,
J'aime encor mes erreurs et chéris mes méprises.
Dans cet autre univers j'espère entrer enfin ;
Quittant joyeusement le grec et le latin,
J'y ferai voir un peu mon air et ma figure,
Aux badauds de Paris admirer ma tournure ;
J'y brillerai, mon cher ; et puis nous te verrons,
Avec ton innocence et ton gros sans-façons !
Dis-moi : tout ton travail, tes devoirs, ta science
Pourront-ils te prêter un peu plus d'élégance ?
Dans ta docte grammaire et dans ton rudiment
Verras-tu comme il faut s'arranger galamment,
S'appuyer sur la hanche et balancer la tête,
Ou d'un air nonchalant rouler sa cigarette,

(*Montrant son miroir*).

Se mirer là-dedans d'un air un peu coquet,
Et sur sa boutonnière attacher un bouquet !

Dans le coin du gilet introduire son pouce,
Et friser sa moustache...

LE PROVINCIAL (*à part*).

Attends donc qu'elle pousse !

LE MUSCADIN.

... Se promener avec son lorgnon et son stick,
En pantalons collants..., mon cher, voilà le chic !
Mais tiens ! voici Monsieur à qui je m'en rapporte.
S'il te donne raison, que le diable m'emporte !

SCÈNE II.

LE RAISONNEUR POLITIQUE, LES PRÉCÉDENTS.

LE MUSCADIN.

Parbleu ! je te rencontre, à point nommé, mon cher !
C'est pour te présenter Monsieur, qui m'a tout l'air
D'être fort étranger aux manières honnêtes :
La grâce, le bon ton, ne lui sont que sornettes :
Amoureux de l'étude et du grossier fatras,
Quand je parle Offenbach il répond Quicherat !

LE RAISONNEUR POLITIQUE.

Cette vertu, Monsieur, a rarement d'égale,
Mais on n'habite pas pour rien la capitale !
Je révère beaucoup les livres latins... mais...
Je les respecte trop pour y toucher jamais.
Les rats en savent plus là-dessus que moi-même.
Monsieur brûle, je vois, d'un beau feu pour le thème :
Cet amour du lycée aisément me surprend,
Et je ne trouve pas, moi, le plaisir si grand
De passer tristement, le teint pâle et l'œil terne,
Une jeunesse entière au fond d'une caserne !

LE MUSCADIN.

On nous prend, je le crois, pour de petits garçons !

LE RAISONNEUR POLITIQUE.

Toujours un inspecteur derrière ses talons!

LE MUSCADIN.

Voir toujours deux yeux là qu'il faut que l'on redoute!

LE RAISONNEUR POLITIQUE.

Ne jamais dire un mot que l'on ne vous écoute!

LE MUSCADIN.

Ne pouvoir à loisir consulter son miroir !

LE RAISONNEUR POLITIQUE.

Pour lire son journal se cacher chaque soir!

LE MUSCADIN.

A douze ans, nous traiter ainsi! C'est une honte !

LE RAISONNEUR POLITIQUE.

Et souvent la rougeur au visage me monte
Quand je vois mes aînés, fiers de leurs chassepots,
Du haut de leur grandeur nous traiter de marmots!

LE MUSCADIN.

Oh! le beau compliment et la belle finesse.
Si le brigadier Fritz à la grande duchesse
Allait dire d'abord : je viens mettre à vos pieds.
Un cœur frais émoulu des universités ;
J'ai dans les vieux bouquins passé l'année entière,
Souvent d'encre sali mes doigts et ma grammaire.
Je sais bien ma syntaxe et mes verbes en μι !
Va, l'on n'estime pas les pédants, mon ami !

LE PROVINCIAL (*à part*).

Avec tous tes grands airs, ton stick et ta pommade,
Tu te crois séduisant, mon pauvre camarade!

LE RAISONNEUR POLITIQUE.

Mais, quand on n'est pas bête, on peut habilement
Faire des compromis avec le règlement.
Je méprise, après tout, cette vieille bicoque;
Les lois! je les enfreins; les maîtres! je m'en moque,
Et je lis les journaux plus que le *Selectæ*.
Vois-tu, moi, j'ai sur tout un avis arrêté!
Et quand six tristes jours de fatigues mortelles
Me laissent libre enfin de courir aux nouvelles,
Le *Moniteur* en main, officiel ou non,
J'observe comme on fait la paix par le canon,
Comme on nomme un ministre et comment on le chasse,
Et j'ai le dernier mot sur tout ce qui se passe.
Je décerne l'opprobre ou l'immortalité;
Je chante les héros morts pour la liberté.
Jadis j'ai su prévoir le sort de l'Allemagne;
J'ai depuis quatre mois constitué l'Espagne,
Défendu le Danube, amusé le pacha,
Pacifié la Crête ou vengé Sadowa!
Le grand Turc cependant trouble ma politique;
Il fait des armements, dit-on, sur la Baltique.
On dit même, et pour moi je n'en suis pas surpris,
Que la Prusse, mon cher, rendrait ce qu'elle a pris.

LE MUSCADIN.

Oh!

LE RAISONNEUR POLITIQUE.

Je n'invente rien, je sais ce qu'on raconte.
Ah! Bismarck en sait plus qu'il ne dit.

LE MUSCADIN.

Pour mon compte,
Je lis peu les journaux; mais je tiens pour certain

Qu'on n'est pas à Paris pour faire du latin.
A quoi bon, s'il vous plaît? Trente fonds de culotte
Usés sur de vieux bancs! le bœuf et la carotte
Tous les jours à dîner fournissant le festin;
Se coucher à la nuit et se lever matin;
Travailler comme un nègre, et puis, pour tout potage,
Pour récompense, aller, couronné de feuillage,
Retrouver ses foyers, stupide et radieux,
Gauche comme un dindon, bête comme Monsieur!

LE PROVINCIAL.

Continuez, Messieurs, j'entends la raillerie,
Et j'essuierai le feu de la plaisanterie :
Moquez-vous, j'ai bon dos. Dieu veuille qu'un beau jour
Vous ne me prêtiez point à rire à votre tour!
Vous avez beau railler, beau plaisanter : en somme,
Au siècle où nous vivons, le diplôme fait l'homme.
Ah! que vous envierez en ce jour, jour fatal,
Un nouveau bachelier, même provincial,
Quand, l'œil mal assuré, tremblant sur la sellette,
Vous verrez là ce monstre à la double lunette,
Ces deux yeux où bientôt un inflexible sort
Doit faire au candidat lire l'arrêt de mort!

LE RAISONNEUR POLITIQUE.

Faut-il que l'on soit frais arrivé de province,
Pour mettre en rang de compte un détail aussi mince,
Et, futur citoyen d'un glorieux État,
S'aller inquiéter du baccalauréat!

LE MUSCADIN.

Ainsi, pour parler net, tu te nourris de thème?
Peuh! le régal est maigre et ne sert qu'en carême.

LE RAISONNEUR POLITIQUE.

Le grec et le latin sont tes deux passions!
C'est pousser un peu loin l'amour des versions!

LE MUSCADIN.

De ce maudit fatras, va, remplis bien ta tête !
Peut-être que ta jambe en deviendra mieux faite !

LE PROVINCIAL.

Tu méprises bien fort un bien que tu n'as pas !

LE MUSCADIN.

De ton mérite, ami, tu fais un bien grand cas !

LE PROVINCIAL.

Tu quittes le travail... pour la coquetterie !

LE MUSCADIN.

Et toi, tous les plaisirs... pour la pédanterie !

LE PROVINCIAL.

Ce qu'on remarque en toi, c'est la fatuité !

LE MUSCADIN.

En toi, mon beau savant, c'est l'importunité !

LE PROVINCIAL.

Et puis.....

LE RAISONNEUR POLITIQUE.

Ah ! cessez donc tout votre radotage !

(*Au Muscadin.*) (*Au provincial.*)

Toi, tu n'as pas raison. — Et toi, pas davantage.
Tous les thèmes, mon cher, ne serviront de rien
Quand tes vingt et un ans t'auront fait citoyen !
Ah ! crois-tu donc, dis-moi, travailleur insipide,

Apprendre tes devoirs en lisant l'Enéide !
Quelle illustre leçon pour former les grands cœurs
Que le pieux Enée aux yeux mouillés de pleurs !
Et si parfois, tandis qu'en son lit il sommeille,
Mercure ne venait le tirer par l'oreille,
S'il se trouvait réduit à ses pauvres moyens,
Comme il perdit Créuse il perdrait les Troyens.
Au lieu d'apprendre ainsi Virgile ou bien Horace,
Ne faut-il pas plutôt savoir ce qui se passe,
Et sur la politique avoir toujours les yeux ?
Membres d'un grand État, d'un peuple glorieux,
Ne faut-il pas veiller au salut de la France,
Et partager déjà le soin de sa puissance,
Trembler, quand nous menace un rival étranger,
Et par tous ses calculs déjouer le danger ?
Ne faut-il pas prévoir ou la paix ou la guerre,
Deviner les secrets de chaque ministère,
Louer ou critiquer notre gouvernement,
Et porter sur son œuvre un hardi jugement?
Oui, l'État aujourd'hui meurt par l'indifférence :
Chacun regarde agir, mais regarde en silence.
Sur ce chapitre on craint de donner son avis,
Et nul ne sait comment on mène le pays !
C'est là que nous conduit la routine classique
Qui n'apprend rien du tout en fait de politique.
Au lieu de végéter, muets admirateurs
Des livres vermoulus de quelque vieux auteurs,
Au lieu d'apprendre en grec tous les idiotismes
Et de pester si fort contre les solécismes,
On ferait mieux, morbleu ! d'être un peu de son temps,
Et de suivre avec soin tous les événements.
Tiens, si je suis jamais proviseur d'un lycée,
La gloire du latin sera vite éclipsée :
En classe, je ferai commenter les journaux,
Et formerai par là des cœurs nationaux !
Alors on renverra les pédants inutiles,
A leur latin frivole, à leurs livres futiles !

(*Se tournant vers le Muscadin.*)

Et puis les jeunes gens, occupés d'autres soins,
A leurs habits, mon cher, penseront un peu moins

Et moins fiers d'un veston ou d'un nœud de cravate,
Envieront un peu plus l'art d'être diplomate !

LE MUSCADIN.

Dieu me garde toujours d'un si plat sermonneur !

LE RAISONNEUR POLITIQUE.

En te parlant ainsi, je te fais trop d'honneur !

LE MUSCADIN.

Monsieur veille sans cesse au salut de la France !

LE RAISONNEUR POLITIQUE.

Monsieur pour ses beaux yeux a de la complaisance !

LE MUSCADIN.

Monsieur parle fort bien sur le gouvernement !

LE RAISONNEUR POLITIQUE.

Monsieur se croit peut-être un visage charmant !

LE PROVINCIAL (*au Raisonneur politique*).

Et toi, te crois-tu fort avec ta politique ?

LE MUSCADIN (*au Raisonneur politique*).

Sur ce qu'il n'entend pas Monsieur est bon critique.

LE PROVINCIAL (*au Muscadin*).

Peux-tu blâmer quelqu'un avec tous tes travers ?

LE RAISONNEUR POLITIQUE (*au Muscadin.*)

Monsieur pour ses attraits voudrait qu'on fît des vers !

LE PROVINCIAL.

Ah! trop longtemps déjà j'ai gardé le silence,
Et vos fades discours font voir trop d'insolence!
A peine quelques jours j'ai vécu parmi vous
Que déjà, je le sens, vous froissez tous mes goûts!

(Au Muscadin.)

Toi, que m'étales-tu cet amour des toilettes,
Ce stick prétentieux, ces sottes violettes,
Ces gants tout parfumés, ce dédaigneux lorgnon,
Ce miroir, de tes jeux fidèle compagnon!
Par tout cet attirail, ce luxe ridicule,
Penses-tu m'éblouir, moi..... novice crédule?
Va, je dédaigne trop tous ces colifichets,
D'un orgueil méprisable inutiles hochets!
En tout point, montre-toi l'esclave de la mode,
Et suis des muscadins les plaisirs et le code!
Étalé dans le fond d'un coupé gracieux,
Peut-être ton orgueil aura des envieux!
Mais aussi l'on dira que sous cette parure,
Sous cette vanité, cette superbe allure,
Sous ces traits séduisants, sous ce masque menteur,
Se cache un pauvre esprit, peut-être un pauvre cœur,
Qui par un beau visage, une fade élégance
Ne saurait effacer sa honteuse ignorance!

(Au Raisonneur politique.)

Et toi! que veux-tu donc avec tous tes grands mots?
Pour nous parler ainsi tu nous crois donc bien sots!
Quoi! tu n'as pas quinze ans, quoi! tu sors de l'enfance,
Et tu viens pérorer sur le sort de la France!
Tu ne sais rien de rien, et tu viens sans pudeur
Nous parler gravement comme un ambassadeur!
Quelle étrange manie, et quelle suffisance!
Tu nous accuses, nous, de notre indifférence!
Sur ce chapitre-là nous n'avons point d'avis,
Et quittons sans remords la cause du pays!
Eh bien! moi je consens à cette honte extrême,
Et je me sens plus apte à bien tourner un thème

Qu'à prévoir, comme toi, les suites du congrès,
Ou prêcher au pays le culte du progrès.
Et si, pour vivre bien, je prenais un modèle,
Je n'imiterais pas ton inutile zèle !
Tu ressembles, mon cher, à ce sot moucheron,
Qui faisait avancer un coche à sa façon !
Tu critiques chacun : et quand l'État chemine,
Tu crois par tes conseils faire aller la machine :
Même, si j'entends bien, en ce commun besoin
Tu te plains d'agir seul et d'avoir tout tout le soin !
Cependant si ce soin, ce travail, cette peine,
Te laissent quelque temps pour lire Lafontaine,
Tu verras que beaucoup faisant les empressés

S'introduisent dans les affaires,
Et font partout les nécessaires,
Et, partout importuns, devraient être chassés.

LE MUSCADIN.

Oh ! la discussion a gâté ma toilette :
(Sortant son miroir : au provincial :)
Tu permets ? rajustons un peu notre jacquette.

LE RAISONNEUR POLITIQUE.

Pour un pédant, mon cher, tu ne parles pas mal ;
Mais je vais de ce pas achever mon journal.

CHAUFFARD,
élève de philosophie (externe).

DARESTE,
vétéran de rhétorique B (externe).

COCHIN,
vétéran de rhétorique A (externe).

PARIS. — IMPRIMERIE DE E. DONNAUD, RUE CASSETTE, 9.

www.ingramcontent.com/pod-product-compliance
Ingram Content Group UK Ltd.
Pitfield, Milton Keynes, MK11 3LW, UK
UKHW020452220726
13923UKWH00005B/2488